La nuit de Valognes

FichesdeLecture.com

LA NUIT DE VALOGNES (FICHE DE LECTURE)

I. INTRODUCTION

II. RÉSUMÉ DE LA PIÈCE

III. PRÉSENTATION DES PERSONNAGES

Don Juan
La Duchesse de Vaubricourt
Angélique de Chiffreville
Le Chevalier de Chiffreville
La Comtesse de la Roche-Piquet
Mademoiselle de la Tringle
Hortense de Hauteclaire
Sganarelle

IV. AXES DE LECTURE

Le mythe de Don Juan revisité
L'interprétation de l'auteur

DANS LA MÊME COLLECTION EN NUMÉRIQUE   **11**

À PROPOS DE LA COLLECTION   **15**

La nuit de Valognes (Fiche de lecture)

I. INTRODUCTION

La Nuit de Valognes est une pièce de théâtre en trois actes, d'écriture néo-classique. C'est une réécriture du Dom Juan de Molière. Elle fut créée en 1991 à l'Espace 44 à Nantes.

Cette pièce est la première qu'a écrite Schmitt, en 1988, à l'âge de 28 ans : « *La Nuit de Valognes propose ma vision de Don Juan. Don Juan est un être en perpétuel mouvement qui voudrait être arrêté. S'il se préoccupait de son plaisir, il pourrait éprouver de la jouissance ; il pourrait ralentir le temps et l'élargir aux dimensions de l'extase voluptueuse. Mais, raisonnant comme un soldat, conquérant et seulement conquérant, il n'éprouve rien d'orgasmique dans l'orgasme, juste la délivrance d'une tension, la fin d'une gêne. Son désir mort, il attend qu'en naisse un autre, qu'il réalisera aussi en le faisant mourir. La vie de Don Juan s'est concentrée sur le sexe sans qu'il ait rien compris au sexe. Il ne voit dans le sexe que la réalisation égocentrée de sa pulsion, sans soupçonner les portes qui s'ouvrent alors, le plaisir, la volupté partagée, la relation à l'autre, l'horizon des sentiments* ».

II. RÉSUMÉ DE LA PIÈCE

Nous sommes dans le château de Valognes, au cœur de la campagne normande, cinq femmes anciennes amantes du séducteur Don Juan veulent instruire son procès pour le forcer à épouser la dernière demoiselle qu'il a séduite, Angélique. À leur grande surprise, il accepte.

C'est sur l'invitation de la Duchesse de Vaubricourt que ces cinq femmes se réunissent ce soir d'été il y a la comtesse de la Roche-Piquet, Mademoiselle de la Tringle, Hortense de Hauteclaire dite « La religieuse » et Madame Cassin.

Bien qu'elles aient toutes un caractère différent, elles feignent de ne pas reconnaître qui les fait défaillir. Le but de la Duchesse est de faire le procès du séducteur, et de le condamner à ce qu'il redoute le plus : la fidélité. Don Juan devra à l'issue du procès épouser Angélique, sa dernière conquête, et lui rester fidèle, sous peine de passer le reste de sa vie en prison.

Lorsque Don Juan arrive, les résolutions des cinq femmes s'évaporent. Alors qu'elles s'étaient promises de rester de marbre face aux charmes du séducteur et de demeurer les juges impartiales de celui qui les a trompées, elles vont toutes chercher à se faire remarquer.

À leur plus grande surprise, Don Juan se plie sans protester aux conditions du procès. Il accepte même la sentence avant même que le procès ait lieu. Don Juan âgé et amer promet à Angélique de Chiffreville de l'épouser et de la rendre heureuse. Elle pourra même coucher avec qui elle voudra, alors que lui s'engage « *à ne jamais coucher avec une autre femme* ».

Don Juan se confie, avant de la séduire, il a connu l'amour, et il l'a perdu. Il accepte de renoncer à l'inconstance et aux plaisirs charnels pour rendre hommage à ce sentiment profond qu'il n'a connu qu'une seule fois. Don Juan a en réalité connu l'amour auprès d'un jeune homme qui n'est autre que le chevalier de Chiffreville, frère d'Angélique.

Cet amour n'a pourtant jamais été consommé, il a été avoué par le Chevalier et par les réactions de Don Juan. Avec cette attitude, Don Juan brise son propre mythe. Cependant en obtenant ce qu'elles voulaient auparavant, les femmes semblent déçues, en effet elles perdent l'image du séducteur : un homme libre, volage, impitoyable, mais terriblement fascinant, qui ne recherche que les plaisirs et ne connait pas l'amour.

En réalité, aucune d'entre elles ne supporte l'idée de perdre ce souvenir qui les fait souffrir et les fait vire à la fois. Avoir été séduite par Don Juan est une gloire qui efface la honte d'avoir été son jouet. Si Don Juan n'est plus lui-même, la honte devient trop grande. Elles aiment le personnage de Don Juan, celui qui a séduit tant de femmes que son valet doit tenir une liste de ses conquêtes, une sorte de livre de comptes.

Le procès n'a plus lieu d'être, le procès du séducteur devient alors le procès de l'homme qui a remplacé le personnage qu'elles adoraient. Alors qu'elles voulaient le condamner pour avoir été Don Juan, les femmes lui en veulent à présent de ne plus être Don Juan.

III. PRÉSENTATION DES PERSONNAGES

Don Juan

Traditionnellement, c'est un personnage à multiples facettes. C'est d'abord un personnage transgressif et dans la démesure : athée, il utilise l'hypocrisie religieuse pour dissimuler ses inconduites. Trompeur cynique, il séduit les femmes puis les délaisse. Il sait parfaitement exploiter les faiblesses humaines, tout en cherchant à échapper aux conséquences sociales de son comportement.

Pour autant, une ambiguïté persiste et il ne faudrait pas le réduire à l'image de séducteur qui a fait son renom. Malgré sa ruse envers les femmes, sa cruauté envers son père ou les petites gens, il apparaît néanmoins comme quelqu'un de spirituel, courageux et qui va jusqu'au bout de ses convictions. C'est de plus un virtuose du langage.

Il transgresse aussi bien les règles sociales que familiales, de même que celles de la religion. Ce refus des règles établies et la volonté de penser par lui-même en font un personnage presque moderne, un libertin en tout cas, au sens historique du terme, à savoir un libre-penseur qui refuse les règles établies, les dogmes (dont la croyance en Dieu), mais également qui s'adonne aux plaisirs charnels.

Dans la pièce de Schmitt, Don Juan bien que fidèle à sa légende, a changé. Il apparaît d'abord odieux, provocateur, orgueilleux, sûr de lui et de son charme et ne semble pas le moins du monde ému par les doléances de ses victimes. Mais en réalité son personnage est à la fois cynique et désabusé.

Puis il explique avoir toujours couru après quelque chose qu'il ne trouvait pas. Mais il ne séduit plus, il se montre taciturne et songeur, faisant mentir sa réputation. Sganarelle, son fidèle valet, n'a plus noté un nom depuis plusieurs mois dans son carnet. Ce qui surprend le lecteur c'est qu'il accepte la sentence dès le début et accepte d'épouser Angélique et de ne jamais la tromper : il avoue avoir connu l'amour une seule fois mais l'a perdu. Il se plie à la sentence sans discuter.

La Duchesse de Vaubricourt

C'est une vieille dame qui est l'instigatrice du procès de Don Juan. Elle craint que sa fin ne soit proche. Elle faire le bilan de sa vie et veut régler ses comptes avec le passé. Elle fait donc rouvrir son château abandonné depuis des décennies et c'est dans cette atmosphère décrépie qu'elle reçoit Don Juan, celui qui a causé son malheur alors qu'elle était encore jeune. La Duchesse invite également quatre autres victimes de Don Juan et ce groupe de femmes bafouées fait le procès du « Prince de la fausse promesse ». Elles le condamnent à épouser sa dernière victime et à la rendre heureuse, ce que Don Juan accepte à leur surprise.

Angélique de Chiffreville

C'est la filleule de la Duchesse. Elle a vingt ans et est une victime récente de Don Juan. Elle a perdu toute raison de vivre depuis que celui-ci l'a abandonnée.

Le Chevalier de Chiffreville

C'est le frère d'Angélique. Il s'est battu en duel avec Don Juan pour réparer l'honneur de sa sœur.

La Comtesse de la Roche-Piquet

C'est une ancienne victime de Don Juan. Elle s'est répandue dans le vice et a de nombreux amants depuis que celui-ci l'a abandonnée.

Mademoiselle de la Tringle

Elle est également convoquée en tant qu'ancienne victime de Don Juan bien qu'elle nie l'avoir connu. Elle consacre sa vie à la littérature et est surtout connue pour ses romans d'amour chaste.

Hortense de Hauteclaire

Ancienne victime de Don Juan. Elle est entrée dans les ordres à la suite de l'abandon de celui-ci.

Sganarelle

C'est le valet de Don Juan. Superstitieux, il est tout à la fois scandalisé et fasciné par les extravagances de son maître à l'encontre de la morale et lui tient lieu de confident.

IV. AXES DE LECTURE

Le mythe de Don Juan revisité

Cette pièce est une réflexion sur le personnage de Don Juan qui, d'après Schmitt, ne vit que par la sexualité sans l'avoir comprise et qui souhaiterait que quelqu'un l'arrête dans cette quête sans fin du désir avec des partenaires différentes. Cette réécriture du mythe de Don Juan donne un nouveau souffle à Don Juan, personnage censé mourir au dénouement de Dom Juan.

L'auteur nous présente un Dun Juan à la fois cynique et désabusé qui ne séduit plus, il se montre taciturne et songeur, faisant mentir sa réputation. Sganarelle, son fidèle valet, n'a plus noté un nom depuis plusieurs mois dans son carnet. Ce qui surprend le lecteur c'est qu'il accepte la sentence dès le début et accepte d'épouser Angélique et de ne jamais la tromper : il avoue avoir connu l'amour une seule fois mais l'a perdu.

Les cinq femmes sont quant à elles déçues, elles ne le détestent plus pour ce qu'il est mais pour ce qu'il n'est plus. Le procès n'a plus lieu d'être, le procès du séducteur devient alors le procès de l'homme qui a remplacé le personnage qu'elles adoraient.

L'interprétation de l'auteur

Avec cette pièce de théâtre en trois actes, Eric-Emmanuel Schmitt revisite le mythe de Don Juan, on pourrait même penser qu'il l'achève. Il nous dresse le portrait d'un homme et de femmes qui ne sont plus des personnages de théâtre, mais bien des êtres humains, envahis par le doute, la rancœur, par le désir d'une vie autre que celle qui est la leur. Ces personnes pour qui l'image, la façon d'être, la représentation ont plus d'importance que l'être lui-même.

L'auteur s'explique : « *Don Juan, certes toujours mobile, tourne en rond. À l'écoute de ses seules pulsions, il est condamné à de perpétuelles exténuations. Sa vie d'aventures est devenue ennuyeuse. Dans les versions des XVIIe et XVIIIe siècles, il est puni par le Commandeur, une statue qui figure le divin. Plutôt qu'un Dieu de colère et de vengeance sorti de l'Ancien Testament, je dessine un Fils aimant, trop aimant, une figure à la fois christique et perverse. Voici la vraie punition de Don Juan : éprouver de l'amour pour un homme, lui qui le cherchait -si mal- sous le jupon des femmes. Est-ce que cet amour surprenant révèle une homosexualité inavouée ?*

Certains psychologues ont avancé cette thèse que le donjuanisme, la multiplication des femmes toujours désirée et toujours insatisfaisante, pouvait cacher virilement une homosexualité, révélant un culte ambigu de l'homme. Je leur laisse la responsabilité de cette explication car ce n'est pas, ultimement, ce qui m'intéresse ici. Pour moi, il s'agit surtout de distinguer le sexe de l'amour.

L'amour n'a pas de sexe ; il peut se découvrir ou s'épanouir dans la sexualité mais il peut aussi bien s'en passer. L'attachement à l'autre, la fascination renouvelée pour le mystère de l'autre, la dévotion qu'on peut lui porter, tout cela n'a pas grand-chose à voir avec les frottements de peau, aussi agréables soient-ils. En cela dans La Nuit de Valognes, j'exposais les thèmes que je repris dans les Variations Énigmatiques. L'amour comme attachement mystérieux à un mystère ».

Dans la même collection en numérique

Les Misérables

Le messager d'Athènes

Candide

L'Etranger

Rhinocéros

Antigone

Le père Goriot

La Peste

Balzac et la petite tailleuse chinoise

Le Roi Arthur

L'Avare

Pierre et Jean

L'Homme qui a séduit le soleil

Alcools

L'Affaire Caïus

La gloire de mon père

L'Ordinatueur

Le médecin malgré lui

La rivière à l'envers - Tomek

Le Journal d'Anne Frank

Le monde perdu

Le royaume de Kensuké

Un Sac De Billes

Baby-sitter blues

Le fantôme de maître Guillemin

Trois contes

Kamo, l'agence Babel

Le Garçon en pyjama rayé

Les Contemplations

Escadrille 80

Inconnu à cette adresse

La controverse de Valladolid

Les Vilains petits canards

Une partie de campagne

Cahier d'un retour au pays natal

Dora Bruder

L'Enfant et la rivière

Moderato Cantabile

Alice au pays des merveilles

Le faucon déniché

Une vie

Chronique des Indiens Guayaki

Je voudrais que quelqu'un m'attende quelque part

La nuit de Valognes

Œdipe

Disparition Programmée

Education européenne

L'auberge rouge

L'Illiade

Le voyage de Monsieur Perrichon

Lucrèce Borgia

Paul et Virginie

Ursule Mirouët

Discours sur les fondements de l'inégalité

L'adversaire

La petite Fadette

La prochaine fois

Le blé en herbe

Le Mystère de la Chambre Jaune

Les Hauts des Hurlevent

Les perses

Mondo et autres histoires

Vingt mille lieues sous les mers

99 francs

Arria Marcella

Chante Luna

Emile, ou de l'éducation

Histoires extraordinaires

L'homme invisible

La bibliothécaire

La cicatrice

La croix des pauvres

La fille du capitaine

Le Crime de l'Orient-Express

Le Faucon malté

Le hussard sur le toit

Le Livre dont vous êtes la victime

Les cinq écus de Bretagne

No pasarán, le jeu

Quand j'avais cinq ans je m'ai tué

Si tu veux être mon amie

Tristan et Iseult

Une bouteille dans la mer de Gaza

Cent ans de solitude

Contes à l'envers

Contes et nouvelles en vers

Dalva

Jean de Florette

L'homme qui voulait être heureux

L'île mystérieuse

La Dame aux camélias

La petite sirène

La planète des singes

La Religieuse

À propos de la collection

La série FichesdeLecture.com offre des contenus éducatifs aux étudiants et aux professeurs tels que : des résumés, des analyses littéraires, des questionnaires et des commentaires sur la littérature moderne et classique. Nos documents sont prévus comme des compléments à la lecture des oeuvres originales et aide les étudiants à comprendre la littérature.

Fondé en 2001, notre site FichesdeLectures.com s'est développé très rapidement et propose désormais plus de 2500 documents directement téléchargeables en ligne, devenant ainsi le premier site d'analyses littéraires en ligne de langue française.

FichesdeLecture est partenaire du Ministère de l'Education du Luxembourg depuis 2009.

Plus d'informations sur www.fichesdelecture.com

Notes :